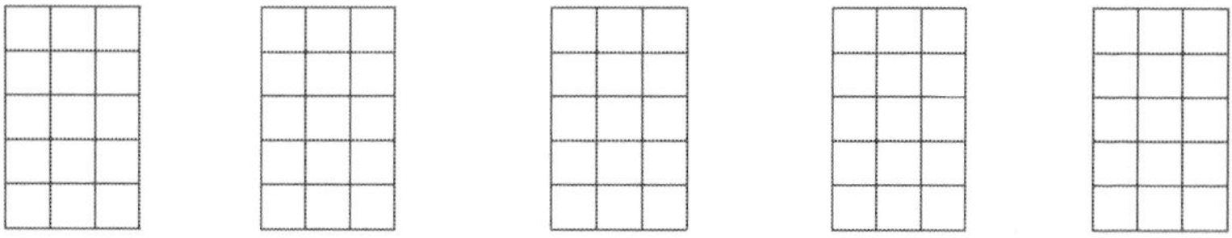

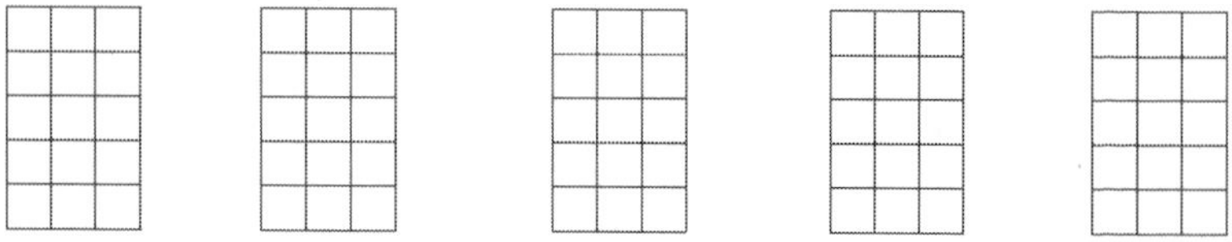

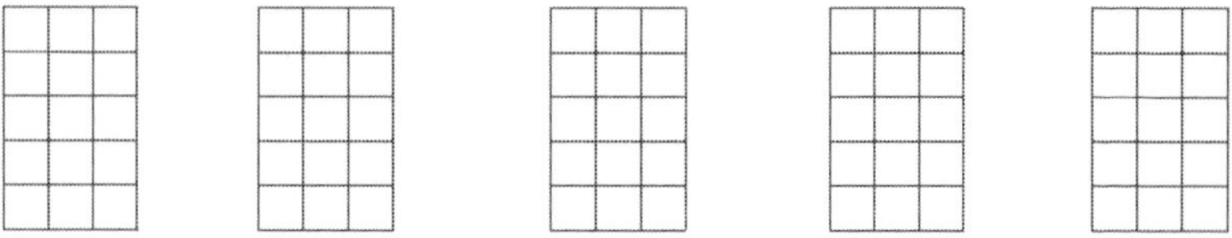

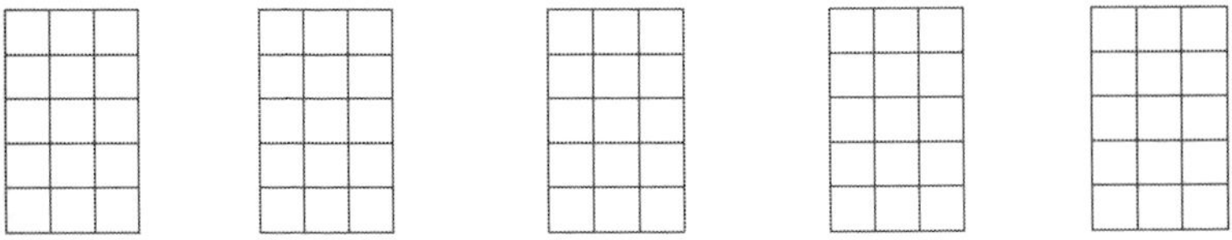

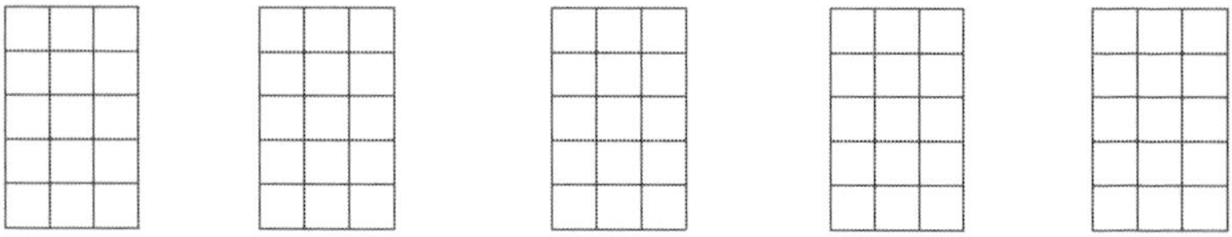

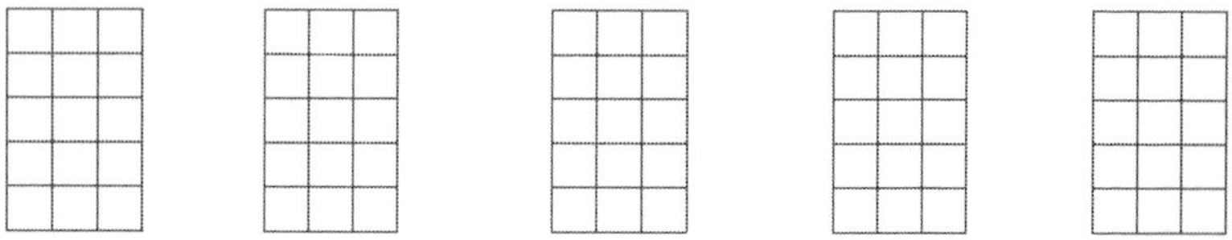

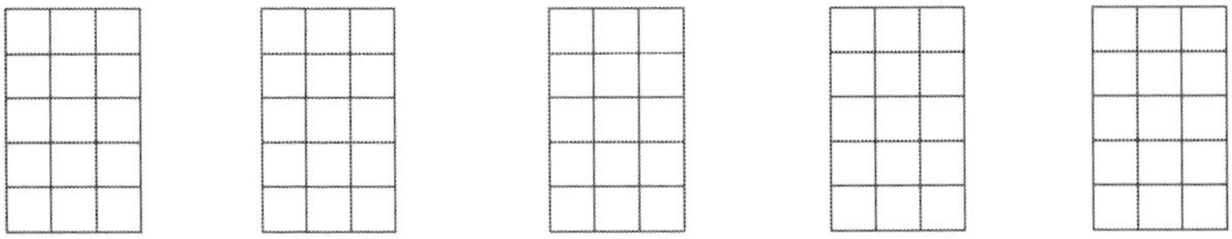

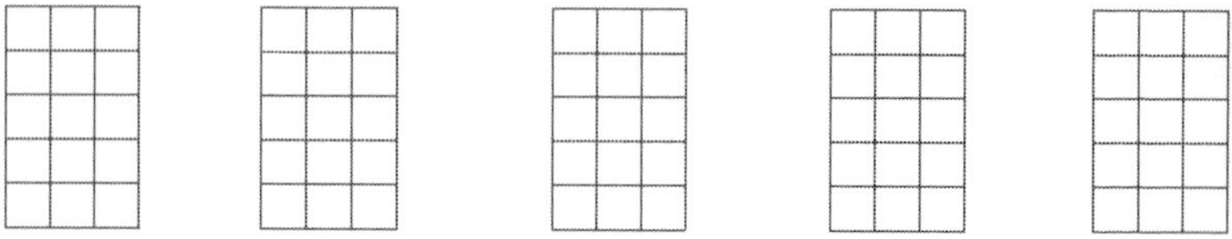

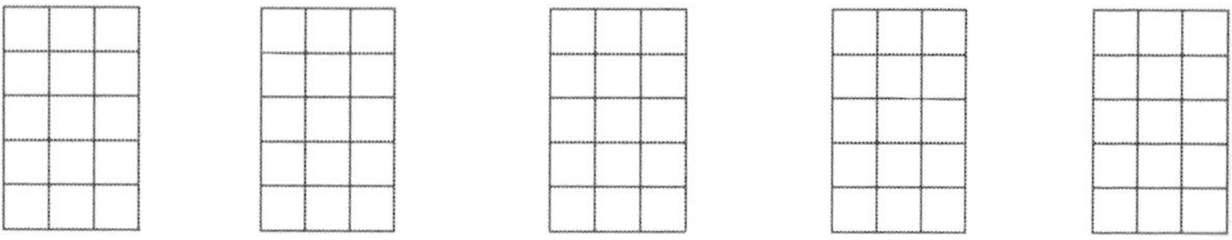

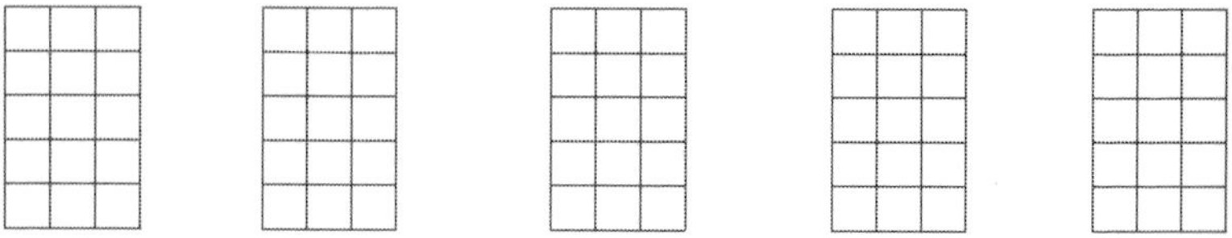

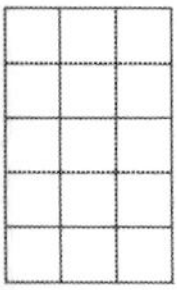 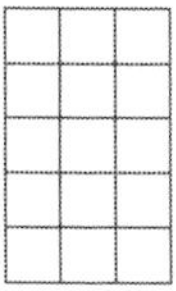 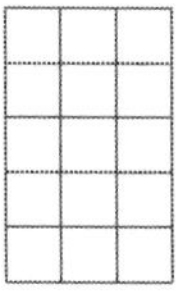 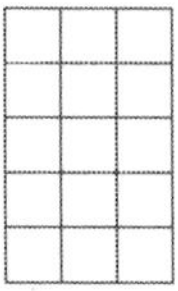 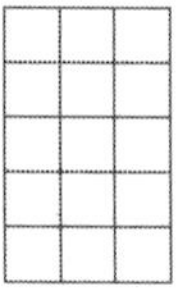

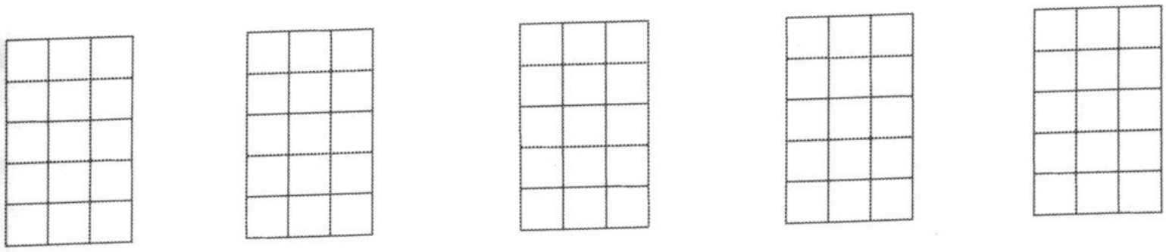

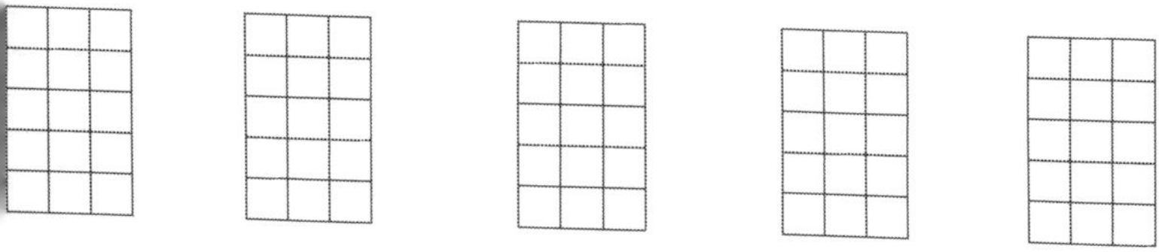

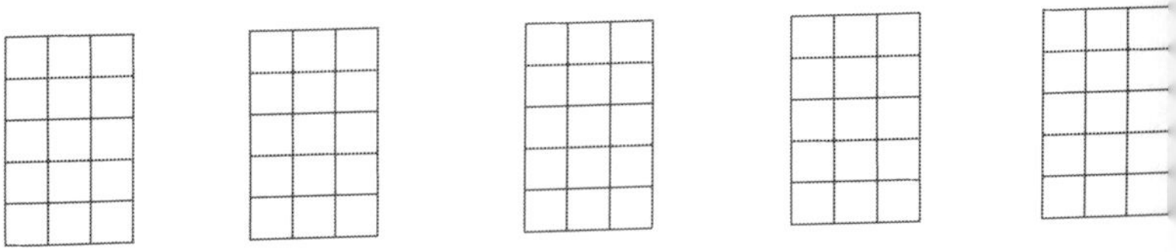

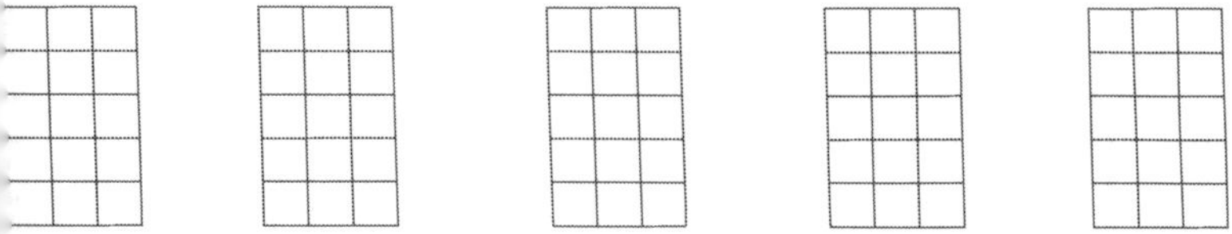

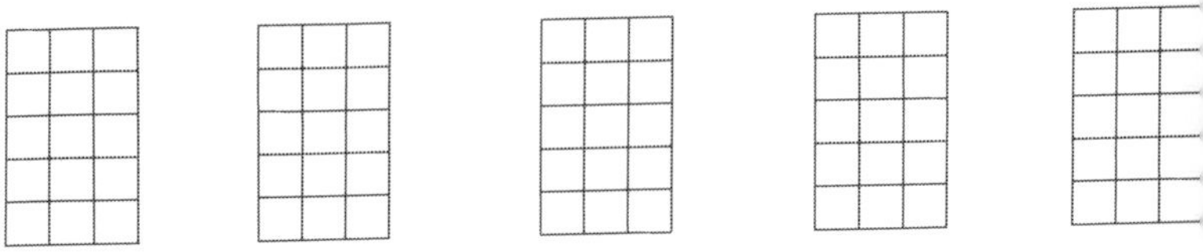

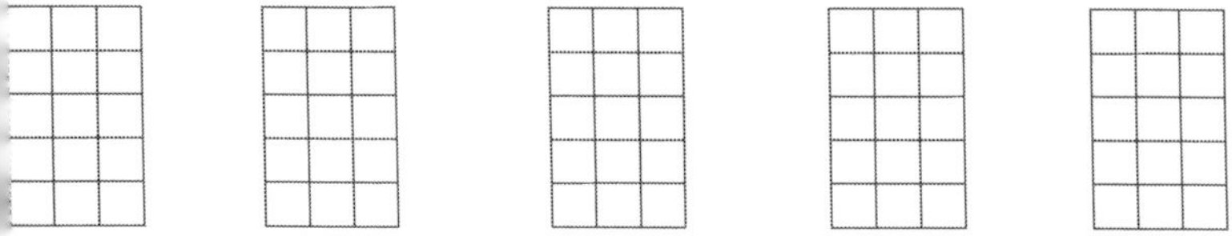

11386320R10057

Made in the USA
Monee, IL
10 September 2019